JONATHAS,

TRAGEDIE

Tirée de l'Ecriture Sainte,

DEDIÉE AU ROY.

A PARIS,

Chez CHRISTOPHE BALLARD, ſeul Imprimeur du Roy pour la Muſique, ruë Saint Jean de Beauvais, au Mont Parnaſſe.

M. DCC.

AU ROY.

IRE,

L'approbation dont VOTRE MAJESTE' a bien voulu honorer cette Tragedie, me fait prendre la liberté de la luy offrir. Quel Ouvrage meritoit plus de paroître devant Elle, qu'un Poëme où la Vertu éclatte, & où la Parole de Dieu-même repare la foiblesse de mes expressions & de mon genie? Mais quel autre, que VOSTRE MAJESTE', *est plus capable d'entendre ce Divin Langage; Elle dont toutes les Actions nous font connoître que la Verité éternelle parle incessamment à son cœur. Nous en ressentons les effets,* SIRE; *les graces dont le Ciel comble* VOSTRE MAJESTE', *se répandent sur les Peuples qui luy sont confiez: Quoy-qu'Elle fasse, nous reconnoissons en Elle le Dieu qui nous protege & qui nous ayme; soit que par* VOSTRE MAJESTE', *il nous apprenne qu'il est le Dieu des Batailles & des Victoires, soit qu'il se montre à nous comme le Dieu de Justice & de Paix, par tout il se sert de Vous, pour faire éclater à nos yeux & sa grandeur & sa Sagesse: Mais avec quelle attention & quels sentimens de pieté & de joye ne regardons-nous point VOSTRE MAJESTE', lors qu'aux pieds de l'Eternel, Elle luy fait un hommage de tous les Dons dont il l'a couronne? C'est en cet état, SIRE, que vrayement grand aux yeux de Dieu, VOSTRE Grandeur doit faire l'admiration de tous les Hommes: C'est à ce Saint abbaissement devant luy & à ce Zele infatigable de sa Loy, que nous devons le bonheur dont Vous nous faites joüir, & que VOSTRE MAJESTE' est redevable de la Felicité dont Elle même est comblée; Et il semble que ce soit d'Elle qu'un Roy selon le cœur de Dieu ait parlé lors qu'il a dit,* Que celuy-là seroit heureux qui craindroit vrayement le Seigneur & feroit sa joye de luy obéïr; Que ses Enfans seroient Puissans sur la Terre, Que sa Posterité seroit benite, Qu'il seroit comblé de Richesses & de Gloire, & que la memoire de ses Vertus n'auroit d'autres bornes que l'Eternité. *Nous voyons, SIRE, cette Prédiction accomplie en VOSTRE MAJESTE': Daignez soufrir que tous Vos Peuples en fassent éclater leur joye; Ce seroit peu que le Respect & le Devoir les attachassent seuls à Vôtre Personne Sacrée: Soufrez qu'ils ajoûtent à la soûmission profonde qu'ils ont pour leur Roy, l'Amour respectueux qu'ils doivent à leur Pere; Et que j'ose me dire avec ces sentimens qui seront à jamais dans mon cœur,*

SIRE,

DE VOSTRE MAJESTE'

Le tres-humble, tres-obéïssant & tres-fidele serviteur & Sujet,

DUCHE' DE VANCY.

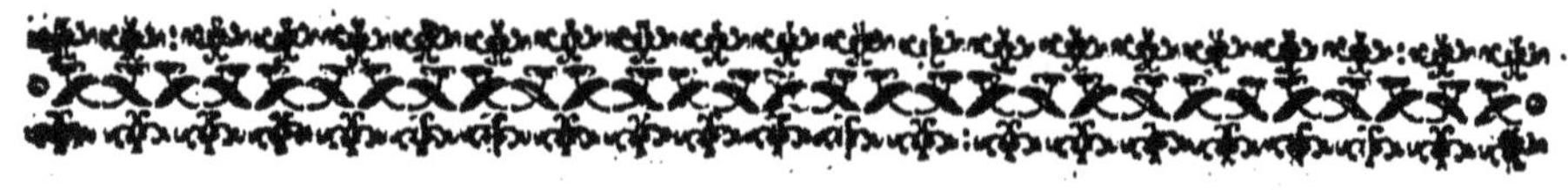

PREFACE.

J'AI tiré du quatorziéme Chapitre du premier Livre des Rois le ſujet de cette Tragédie : mais pour donner une parfaite intelligence de bien des choſes qui y ſont répanduës, ſoit en récit, ſoit en action ; il eſt néceſſaire de reprendre l'Hiſtoire de ce tems-là un peu plus haut.

Les Hébreux depuis la mort de Joſüé, avoient été conduits par les Juges ; Samuël les gouvernoit avec une équité & une prudence dignes de la ſainteté de ſa Vocation ; mais ſa vieilleſſe ne lui permettant plus de porter un fardeau ſi peſant, il fit agréer au Peuple que ſes Fils, Joël & Abia, jugeaſſent Iſraël en ſa place.

La conduite des Enfans ne répondit point à celle du Pere ; Ils ne marchérent point dans ſes voïes, dit l'Ecriture, l'avarice dicta leurs jugemens, & tous les Hébreux opprimez de leurs véxations, ou irritez de leur injuſtice, s'aſſemblérent, vinrent trouver Samuël, & lui demandérent un Roi.

Dieu ordonna à Samuël de les contenter. Il lui dit, qu'il lui envoïeroit un Homme de la Tribu de Benjamin ; Il le lui dépeignit, & Saül Fils de Cis fut celui qui vint, que Samuël ſacra, & ſur qui le ſort tomba en préſence de toutes les Tribus aſſemblées : Il fût donc élû Roi. Les inſultes des Ammonites lui firent prendre les armes contre eux, il les vainquit ; Jonathas ſon Fils, deffit, peu de tems aprés les Philiſtins ; la guerre s'alluma avec plus de violence entre eux & les Iſraëlites, les premiers mirent ſur pied une Armée formidable ; Ils avoient, dit le Texte ſacré, ſix mille Chevaux, trente mille Chariots, & le nombre de leurs Gens de pied égaloit les ſablons de la Mer.

Les Hébreux furent domtez, pour ainſi dire, par le ſeul appareil de leurs Ennemis. Ils ſe cachérent preſque tous dans les Montagnes, dans les Antres & les Ciſternes ; Quelques uns traverſérent le Jourdain & prirent la fuite ; L'épouvante des Juifs paſſa juſqu'à leur Roi ; Samuël lui avoit deffendu d'offrir le Sacrifice avant qu'il l'eût été trouver à Galgala où étoit Iſraël ; Les ſept Jours marquez par le Prophéte, expiroient, la crainte ſaiſit le cœur de ce Prince, il voulut ſe hâter de conſulter Dieu, & dans le tems qu'il achevoit d'offrir l'Holocauſte & les Pacifiques, Samuël arriva : Il reprocha à Saül ſa déſobéïſſance & ſon peu de foi, & aprés lui avoir annoncé qu'à cauſe de cette faute, ſa poſtérité ne régneroit point ſur les Enfans d'Iſraël, il l'abandonna, & vint à Gabaa de Benjamin. Saül, Jonathas & les Trouppes des Hébreux, qui pouvoient être au nombre de ſix cent Hommes, prirent la même routte, & campérent prés de Gabaa, à une tres petite diſtance de Machmas, qui étoit le lieu où l'Armée des Philiſtins étoit aſſemblée.

L'Ecriture ne marque point combien de tems les deux Armées furent en préſence ſans combattre ; mais elle dit qu'un jour (& c'eſt ici que commence mon action) Jonathas & ſon Ecuyer entrérent dans le Camp des Ennemis ; qu'ils ſurprirent la Garde, qu'ils l'égorgérent, que le déſordre ſe mit dans les Trouppes des Philiſtins, qu'ils prirent tous la fuite en tumulte, & qu'il parut visiblement que leur terreur & leur déroutte étoient l'effet de la vengeance de Dieu.

Saül étoit alors dans son Camp. Des Sentinelles lui rapportérent le désordre des Ennemis, il fit chercher Jonathas, & ne douta plus que leur fuite ne fut son ouvrage, quand on lui rapporta qu'on ne le trouvoit point; Il consulta Dieu qui lui ordonna de marcher contre eux, il courut; Les Israëlites qui s'étoient cachez dans la Montagne d'Ephraïm, se joignirent à lui, tout Israël se réünit & Saül se trouva alors suivi de dix mille Hommes. Ce fut en cette occasion que, par vanité, ou, comme dit Joseph, par imprudence, & ne pouvant moderer sa joïe, il se livra tout entier au plaisir de la vengeance & dévoüa à la mort avec Serment, quiconque durant le cours de cette journée, prendroit la moindre nourriture, jusques à ce qu'il se fut vangé entiérement de ses Ennemis. Tout le Peuple entendit l'anathême & s'y soûmit. On alla aux Philistins, ils furent presque tous deffaits; cependant les Israëlites arrivérent dans une Forêt, où l'on trouva quantité de raïons de Miel; Jonathas qui ignoroit la malédiction prononcée par son Pere en porta quelque peu à sa bouche; un des Soldats l'en reprit, & l'instruisit du Serment qu'avoit fait le Roi; Jonathas murmura contre son Pere. *Son ordre*, répondit-il, *a tout troublé, vous avez vû que j'ai repris de nouvelles forces, parce que j'ai goûté un peu de ce Miel, quelles auroient été celles de toute l'Armée, s'il lui eût été permis de se nourrir du butin qu'elle a fait sur ses Ennemis?* On continüa de poursuivre les Philistins, & Saül voulant aller piller leur Camp, consulta Dieu une seconde fois.

Dieu ne répondit point; On soupçonna que quelqu'un avoit peché dans Israël, on chercha le Coûpable, & le sort aïant été jetté pour le connoître, il tomba sur Jonathas. Ce malheureux Prince avoüa sa désobéïssance & son murmure: Saül lié par son Serment prononça son Arrest; mais le Peuple protesta que celui qui avoit sauvé les Hébreux en ce jour ne périroit point, & le déroba ainsi à la mort.

Voilà l'Histoire de ma Piéce, j'en ai conservé les traits essentiels avec cette éxactitude & ce respect que l'on doit aux Livres saints; J'ai seulement fait agir Samuël qui ne paroît pas avoir été présent à cette action, & j'ai crû qu'il étoit plus noble de faire entrer ce Prophéte sur la Scene, qu'un simple Sacrificateur dans la bouche duquel je n'aurois pû mettre les mêmes choses, & qui n'auroit pris qu'un foible interêt dans les malheurs de Saül & de Jonathas, au lieu que Samuël regarde le premier comme son Fils, & est, pour ainsi dire, médiateur entre Dieu & lui.

La même raison m'a fait supprimer l'Ecuïer de Jonathas & mettre Abner en sa place. Je le mets ensuite à la tête des Révoltez: Abner étoit Cousin germain de Saül, & à la reserve de l'action que l'Ecriture donne formellement à l'Ecuïer, il a fait, ou il a pû faire vrai-semblablement les choses qu'il fait dans ma Piéce.

Une des difficultez qui m'a fait le plus de peine à surmonter, a été d'éclaircir le peché commis par Jonathas;

Il ne paroît pas, selon la Justice humaine, qu'il soit coûpable; Il ignore l'ordre de son Pere, cette raison seule semble le disculper aux yeux des Hommes & le danger de mort dans lequel il se trouve, au lieu d'exciter la compassion & la terreur qui sont l'effet de la Tragédie, semble ne devoir que révolter l'esprit, & que donner un caractere de cruauté à Saül & à Samuël qui les rendroit odieux dans tout le cours de cette Ouvrage. Il a donc fallu chercher la veritable cause des malheurs de Jonathas, & tâcher d'en trouver une partie dans ses foiblesses; car enfin, quoi qu'il paroisse d'abord innocent, Dieu le déclare coûpable, & fait tomber le sort sur lui. J'ai eû recours pour cela aux Interprettes: Ils m'ont appris, que l'infortune du Fils pouvoit être une punition de Dieu pour le Pere qui s'étoit rendu criminel en désobéïssant au Prophéte, & en faisant un Vœu que S. Chrisostome appelle une folie, & un artifice du Démon; mais la circonstance sur laquelle j'ai appuïé le plus, & qui rend Jonathas veritablement coûpable, c'est son murmure contre l'ordre de Saül; Il s'en plaint avec aigreur, il l'accuse d'indiscrétion devant l'Armée, ce qui pouvoit produire des effets dangereux: Il choque le respect qu'il doit à Dieu, le Maître & le Protecteur des Rois, celui qu'il est obligé de rendre au Diadême & celui que le Ciel & la Nature lui ordonnent d'avoir pour son Pere.

Quelques Personnes ont trouvé que Jonathas se dévoüoit à la mort avec une espéce de férocité, & qu'un peu de foiblesse, lorsqu'il est prêt à mourir, auroit rendu son Caractére plus naturel. Beaucoup d'exemples tirez de l'Ecriture, pourroient justifier ma conduite en cette occasion ; mais je ne répondrai rien, sinon qu'en rendant mon Héros moins zélé & plus foible, j'aurois corrompu son vrai Caractére, que toutes les actions de sa vie le représentent tel que je l'ai peint & que lorsque son Pere le condamna à la mort ; Voici la réponse que Joseph lui fait faire. *Je ne vous prie point, Seigneur, de sauver mes jours, j'accomplirai vôtre Serment avec joïe, &, quoi qu'il m'arrive, je ne me croirai point malheureux, puisque le Peuple de Dieu est triomphant.* Les Juifs, ajoût'il, furent tellement touchez de ces sentimens généreux qu'ils l'arrachérent des mains de son Pere, & priérent Dieu de lui remettre sa faute, qui, selon toutes les apparences lui fut pardonnée, puisque l'Ecriture n'en fait aucune mention dans la suite.

Au reste, j'espere que le Public trouvera, qu'à peu de choses prés, j'ai tiré de mon Sujet tout ce qui pouvoit y plaire. La Maison Roïale de S. Louis, à laquelle cet Ouvrage est consacré, & dont la Piété solide & éclairée, est digne de son Illustre Protectrice & de son Auguste Fondateur, n'admet point chez Elle d'amusemens profanes ; ainsi on ne trouvera aucun amour dans cette Piéce, & ce n'est pas une des plus petites satisfactions que j'aïe eû, que celle d'avoir, à l'imitation des Anciens, émû & attendri mes Auditeurs, sans m'être servi de cette passion. Je croi que l'on trouvera mes Chœurs tels que les ordonne Aristote ; ils font une partie de mon action, & tout ce que l'on y chante, ne s'en écarte en aucune maniére. Les applaudissemens augustes dont j'ai été honoré, ne m'enflent point jusqu'à croire que ma Tragédie soit sans défauts. J'ose dire que je suis moins sensible aux loüanges & aux critiques, que bien des Hommes ; je tâcherai toûjours à profiter des unes & des autres, je veux dire à m'enhardir, à me corriger, & à prendre, si je puis de nouvelles forces. J'aime la verité audessus de toutes choses, & je prendrai toûjours son parti contre moi-même, quand elle sera dans la bouche de mes Censeurs.

ACTEURS.

AUL, Roi d'Israël.

JONATHAS, Fils de Saül.

ACHINOAM, Femme de Saül.

MEROB, } *Filles de Saül.*
MICHOL, }

ABNER, Parent de Saül, & Chef de ses Armées.

SAMUEL, Prophete.

PHANE'S, Officier de la Garde.

Le Scene est au Camp des Hébreux, prés de la Ville de Gabaa, dans la Tente de Saül.

JONATHAS,

TRAGEDIE.

ACTE PREMIER

SCENE PREMIERE.

JONATHAS, MÉROB, ABNER.

MÉROB, à Jonathas.

Que faites-vous, mon Frere! & qu'allez-vous tenter?
Eh quoi! Mérob en pleurs ne vous peut arrêter!

JONATHAS,

à Abner. à Mérob.

Viens, Abner, ... bannissez de honteuses allarmes;
Ma Sœur, il n'est pas tems de répandre des larmes:

Dans d'horribles périls Israël engagé,
Et d'Ennemis sans nombre en ce Camp assiégé,
Sans secours, sans apüi, presque sans espérance,
Du Dieu seul d'Abraham attend sa délivrance,
Que faisons-nous ici? quelle timidité
Nous plonge en une indigne & lâche oisiveté?
Quoi donc? attendons-nous, qu'affamé de carnage,
Sur nous le Philistin assouvisse sa rage,
Ou par d'indignes fers content de nous flétrir,
Nous vienne même ôter la douceur de mourir?
Ah! du nom d'Israël soûtenons mieux la gloire,
L'Eternel est pour nous, courons à la victoire,
Et que toute la Terre aprenne en frémissant,
Que le Dieu de Jacob est le Dieu Tout-puissant.

MÉROB.

J'applaudis au Dessein dont la grandeur vous flatte.
Mais est-il tems, Seigneur, que vôtre Zelle éclatte:
Quels Soldats vous suivront dans le Camp ennemi:
A l'aspect du péril les Hébreux ont frémi,
Dans des antres profonds, ces lâches immobiles.
Semblables aux Rochers qui leur servent d'aziles,
A se soustraire au jour bornent tous leurs efforts,
Et semblent se compter déja parmi les Morts.
Jonathas se perdant sans sauver sa Patrie,
Attaquera t'il seul une Armée en furie,
Que toutes nos Tributs ont contraint de soûtenir,
Et qu'un Païs immense a peine à contenir?

Ah ! si l'ordre du Roi pour nos Troupes craintives,
Peut rallier enfin leurs bandes fugitives,
Si Dieu, que Samuël intéroge pour nous,
Veut qu'un Combat sanglant signale son couroux,
Courez, volez alors, que rien ne vous arrête !
Mais n'allez point sans fruit, exposer vôtre tête.
Que d'horribles malheurs suivroient vôtre trépas !
Aux Hébreux allarmez, conservez Jonathas;
Seul, au milieu du Camp d'un Ennemi perfide,
Qui vous arrachera de sa main homicide ? ....

JONATHAS.

Quand de toute l'Egypte Israël assailli,
Sur le bord de la Mer, surpris, enseveli,
S'attendoit, abîmé dans sa douleur profonde,
A devenir la proïe ou du fer, ou de l'Onde,
Dieu l'abandonna-t'il dans ce pressant danger ?
Il le sauva .... Que dis-je ? il voulût le vanger.
Au travers de l'Abîme il lui fit un passage,
L'Egiptien superbe y trouva le naufrage,
Et des projets cruels qu'enfanta son orgueil,
La Mort devint le fruit & la Mer le cercueil.
Vous oubliez, ma Sœur, ces Prodiges insignes,
Quand vôtre lâche crainte, & vos larmes indignes,
S'efforcent de combattre un généreux dessein,
Que Dieu, pour nous sauver, a versé dans mon sein.
Que cent Peuples liguez, pour nous faire la guerre,
S'assemblent contre nous des deux bouts de la Terre;

Qu'indomtables par tout, rien n'arrête leur cours ;
Que tous les Elémens leur prêtent du ſecours ;
Seul, & me ſouvenant de ces Faits mémorables,
J'irai, j'attaquerai leurs Troupes formidables,
Et ſervant de Miniſtre au celeſte couroux,
Au Nom de l'Eternel je les confondrai tous;
Mais d'un moindre Ennemi j'obtiendrai la victoire
Et le fidéle Abner aura part à ma gloire.

ABNER.

En quelque endroit, Seigneur, que vous vouliez aller,
Sans crainte, ſur vos pas on me verra voler ;
Mais hâtons-nous ; le jour qui va bien-tôt paroître,
Trahiroit vos deſſeins & nous feroit connoître :
Une troupe d'Amis par mes ſoins amenez,
Marcheront avec nous, ſi vous leur ordonnez,
Au Camp des Ennemis régne un profond ſilence ;
Le ſommeil en nos mains les livre ſans défenſe.....

JONATHAS.

Allons Abner, le Ciel prendra ſoin de nos jours,
Je ne veux que mon zelle & vous ſeul pour ſecours.
Nous vaincrons, tout accroît ma juſte impatience,
J'en croi mille tranſports qui hâtent ma vengeance,
Aux portes de ce Camp, nos cruels Raviſſeurs,
D'un inſolent repos reſpirent les douceurs ;
Courons, faiſons paſſer cette Troupe infidelle,
De la nuit du ſommeil, à la nuit éternelle,

Et que le jour naissant étalle aux yeux de tous,
L'Ennemi d'Israël abbatu sous nos coups;
Adieu, ma Sœur.

MEROB.

Hélas!

JONATHAS.

Vôtre crainte m'offence;
Aïez plus de courage, & moins de défiance.
Au Fort de Gabaa la Reine doit aller,
Vous l'y suivrez, ma Sœur, gardez-vous de parler:
Vos soins, de mon départ, ont percé le mistere,
Ne le découvrez point, sur tout au Roi mon Pere,
Le succés doit avant justifier mes pas,
Nous courons le vanger.

MEROB.

Vous courez au trépas....
Il me fuit, il me laisse en proïe à mes allarmes;
O Toi! qui le conduis, Ciel! protége ses armes,
Et faisant triompher son courage & sa Foi,
Couronne un Zelle ardent qu'il a reçû de Toi.

SCENE DEUXIE'ME.

SAUL, ACHINOAM, ME'ROB, MICHOL, Le Chœur.

SAUL, à la Reine.

Tandis que Samüel offre le Sacrifice,
Prenons ce tems, Madame, à mon dessein propice,
La nuit d'un voile obscur couvre encor ces climats
Au fort de Gabaa, précipitez vos pas;
A de pareils projets la diligence importe;
Ma Garde, jusque-là vous servira d'escorte,
Allez! Puisse le Ciel, appaisant son couroux,
Vous rappeller bien-tôt auprés de vôtre Epoux.

ACHINOAM.

Moi, vous quitter, Seigneur! quel nouveau soin vous presse?
Courez-vous au Combat? craignez-vous ma foiblesse?
Ah! Dieu vaincra pour vous tant de vains Ennemis:
Déja le fier Ammon à vos pieds est soûmis,
Des cruels Philistins nôtre perte est jurée,
Je le sçai; mais du Camp vous défendez l'entrée,
Que pouront contre vous ces Peuples conjurez?
Quels murs, & quels ramparts pour moi plus aßûrez?

D'une vaine terreur vous me croyez atteinte,
Non, Seigneur, je vous voi, mon cœur n'a point de crainte
Le bien que vôtre Epouse implore à vos genoux,
Est que la seule mort la sépare de vous.

MEROB.

J'ose joindre mes pleurs aux soûpirs de la Reine.

MICHOL.

Je suis jeune, Seigneur, & me connois à peine,
Je crains. je l'avoüerai, le bruit & les combats,
Mais je craindrois bien plus en ne vous voyant pas.

SAUL.

Mes Filles, c'est assez, j'aime à voir vôtre Zelle:
Vous, Madame, à mes loix montrez-vous moins rebelle.
Abandonné, trahi, sans armes, sans soldats,
Je n'ai presque avec moi qu'Abner & Jonathas;
Je crains du Ciel armé l'implacable vengeance,
Contre ses saintes Loix, vous sçavez nôtre offence;
Samüel aux Hébreux défendit, qu'en ce lieu,
L'on présentât, sans lui, le Sacrifice à Dieu;
Cependant, fatigué d'une longue attente,
Et déja mes soldats prenant tous l'épouvante,
J'ai crû devoir enfin m'empresser de l'offrir;
Mon Fils impatient de vaincre ou de périr
Et vers l'Autel fatal conduisant la Victime,
Hâtoit de nos Guerriers l'Offrande illégitime;

Le Ciel nous a marqué l'excés de son courroux,
La Victime a longtems resisté sous les coups,
Aucun sang n'est sorti de ses veines ouvertes,
Le Coûteau s'est brisé, présage de nos pertes,
Et le feu, par trois fois, allumé vainement,
A refusé trois fois, la vie & l'aliment:
Interdits, étonnez, nous gardions le silence,
Quand à nos yeux surpris le Prophéte s'avance,
Et plein du Tout-puissant contre nous en fureur,
De nos coûpables soins nous reproche l'horreur,
En vain, priant le Ciel d'oublier mon offence,
J'ai répandu, depuis, mon ame en sa presence,
Il semble à nos malheurs refuser son appui,
Et m'avoir, pour jamais, rejetté loin de lui,
Cependant, un Transfuge a pris soin de m'apprendre,
Qu'aujourd'hui l'Ennemi s'attend à nous surprendre,
Que par d'obscurs chemins, & sans bruit m'attaquant,
Il doit, avec le jour, paroître dans mon Camp:
Ne vous exposez point à ce péril funeste,
Sauvez-vous! sauvez-moi le seul bien qui me reste,
Et ne nous couvrons point de l'opprobre éternel,
Qu'on ait chargé de fers la Reine d'Isrël.

ACHINOAM.

Ah, Seigneur! prés de vous, nul danger ne m'étonne.

SAUL.

Non, Madame, partez! il le faut, je l'ordonne

J'ay

J'ai déja trop longtems partagé vos douleurs ;
Cessez de me montrer ma foiblesse & vos pleurs,
Adieu, j'espere encor que le Ciel pitoyable,
Voudra bien nous prêter une main secourable:
Au prix de tout mon sang je soutiendrai son choix,
Il sçaura protéger le premier de vos Rois:
Cependant, si la mort tranche m'a destinée,
Prenez soin de ces fruits d'un heureux himenée;
Ne les dispersez point chez le Peuple étranger,
Donnez leur des Epoux qui puissent nous vanger.

Mes Filles! honorez la Reine vôtre Mere.
Du Dieu que nous servons redouttez la colere,
Il est l'unique Dieu que l'on doit adorer;
Craignez, plus que la mort de vous en séparer,
Que ses loix dans vos cœurs soient à jamais empreintes;
Allez, & cachez-moy vos soupirs & vos plaintes:
Daigne le Ciel, sur vous prodiguant ses bienfaits,
Rendre leur cours durable au gré de mes souhaits,
Puissent vos jours serains ignorer la tristesse,
Et vos félicitez égaller ma tendresse!

MICHOL.

Ah, mon Pere!

MÉROB.

Ah Seigneur!

SAUL.

Il suffit. Laissez moi.

ACHINOAM.

Non, je ne puis souscrire à cette dure Loi,
Je préfere la mort aux cruelles allarmes.....

SAUL.

Le Prophete paroît! cachez du moins vos larmes.

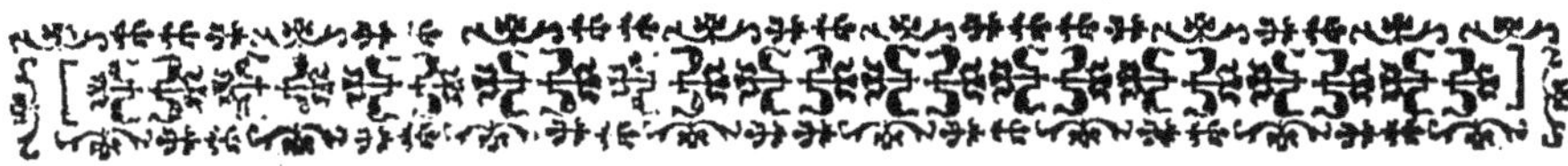

SCENE TROISIE'ME.

SAUL, ACHINOAM, ME'ROB, MICHOL, SAMUEL. Le Chœur.

SAMUEL.

ECouttez moi Saül, & recevez les Loix
Que le Dieu d'Israël vous dicte par ma voix.

Marchez aux ennemis, calmez s'il est possible,
Du Ciel qui vous poursuit la vengeance terrible,
La Victoire est pour nous, leurs projets seront vains;
Courez, le Dieu vivant les livre dans vos mains:
Faites-en à sa gloire un sanglant sacrifice,
Que sous le Fer tranchant tout meure, tout perisse;
Et qu'avant que la nuit obscurcise les Cieux,
Le dernier Philistin disparoisse à ses yeux.

SAUL.

Oüi, je suivrai bien-tôt ses volontez sacrées;
Rassemblons seulement mes troupes égarées;

Six cent hommes à peine avec moi demeurez,
De leurs vaines fraieurs ne sont pas rassurez.
Le reste est fugitif; mais bien-tôt sous les armes,
Nous verons leur fureur dementir leurs allarmes:
Par cet ordre divin dissipons leur effroi,
Et que tout Israel....

SAMUEL.

Quand je vous ai fait Roi,
Prince! vous ais-je apris cette vaine prûdence,
Qui sur l'Ordre du Ciel, emporte la Balance!
N'est-ce donc pas assez, que déja contre vous,
Un fatal sacrifice allume son couroux!
Par vôtre peu de foi, redoublant vos Offences,
Voullez vous couronner vos desobeisances!

Celui de qui la voix Enfanta l'Univers,
Qui peut aneantir & la Terre & les Mers,
Vous ordonne, par moi, de courir à la gloire,
Et vôtre cœur tremblant doutte de la Victoire!
Il faut, pour relever vôtre Espoir abbattu,
Rassembler des fuïars sans ame, sans vertu!
Vous voulez, ralliant ces trouppes allarmées,
Les donner pour secours au grand Dieu des armées!
Ah! sans mettre sa gloire en de si viles mains,
Les Anges rempliront ses ordres Souverains;
Il remettra pour nous sa vengeance au Tonnerre;
Il armera les vents, il ouvrira la Terre;

Tel qu'au jour, où frappant cinq Rois audacieux,
Il suspendit le cours des deux Flambeaux des Cieux,
Et de l'Amorré en confondit la puissance,
Tel, son bras foudroyant prendra nôtre défense:
Mais, non, il daigne encor suspendre son couroux;
L'Epouvante & l'horreur vont marcher devant vous,
Déja... que vois-je! O Ciel! Dieu saint? Dieu formidable!
Qu'offrez vous à mes yeux! quelle main redoutable
Terrassant, pour jamais, l'Orgueil des Philistins,
Fait de leur sang impur rougir les Champs voisins!
Qui sont ces deux Héros dont l'audace guerriere,
Les a teints du carnage & couverts de poussiere?
La Mort est dans leurs mains, tout tombe sous leurs Coups;
Tu triomphes Jacob, le Ciel s'arme pour nous;
Allez, courez, Saül, la Victoire est certaine,
De l'Ennemy troublé, la resistance est vaine,
Tout tremble, je voi fuïr ses soldats éperdus;
Paroissez! montrez vous! ils seront confondus.

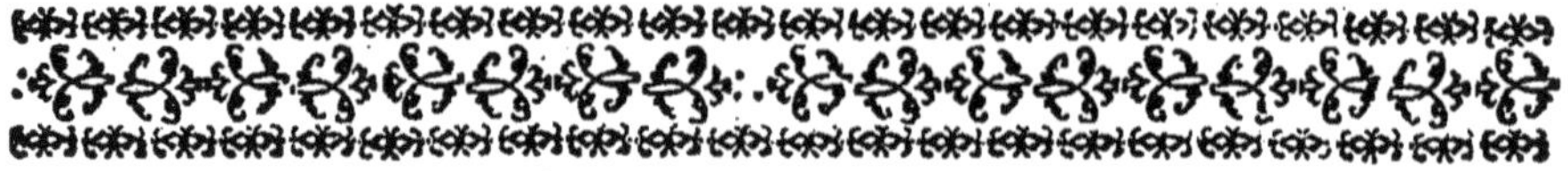

SCENE QUATRIE'ME.

SAUL, ACHINOAM, ME'ROB, MICHOL, SAMUEL, PHANE'S, Le Chœur.

PHANE'S, à Saül.

Seigneur, je vous apporte une heureuse nouvelle,
L'effroi regne par tout dans l'Armée Infidelle;
Soutenez les Exploits du vaillant Jonathas;

ACHINOAM.

O Ciel!

SAUL.

Mon Fils!

PHANE'S.

Abner accompagne ses pas,
Tantôt de leur départ pénétrant le Mystere,
J'appréhendois le fruit d'un dessein téméraire,
Curieux, je les suis, & par un prompt succés,
La nuit chez l'Ennemi leur ouvre un libre accés;
Tout dormoit dans le Camp, & la garde troublée,
Par leurs vaillantes mains est bientôt Immolée;
Suivons, dit Jonathas, nos glorieux destins,
Abner, vive Israël, meûrent les Philistins,

Tout s'éveille, & chacun ne ſçachant que réſoudre,
Tous ſemblent à l'inſtant éveillez par la Foudre,
Tous demeurent glacez de ſurpriſe & d'horreur;
Enfin ſoit par l'effet d'une vaine terreur,
Soit que la nuit trompant une foulle allarmée,
Ils penſent voir ſur eux fondre toutte une armée,
Ou pluſtot, Dieu jettant aux cœurs de leurs ſoldats,
L'Aveugle eſprit d'erreur, les frayeurs du Trépas,
Tout fuit, & le déſordre augmentant leurs allarmes,
Contre eux leurs bras tremblants tournent leurs propres armes
Je m'offre à Jonathas; il me voit & d'abord,
Cours au Roi, m'at-il dit, apprend-luy nôtre ſort,
Qu'il pardonne à mon age une ardeur fortunée,
Dieu remet à ſon bras cette grande Journée;
L'Ennemi de ſes coups, ne peut ſe garentir;
Laiſſe nous, hâte-toi, va, pars, cours l'avertir.

SAMUEL.

Eh-bien Prince! eſt-il tems maintenant de me croire?

SAUL.

Allons tout réparer en courant à la gloire.

SAMUEL.

L'Arche ſuivra vos pas; mais qu'aucune pitié
Ne pardonne aux objets de nôtre inimitié;
Prince, Dieu veut par vous, terminant cette guerre,
Que leur nom ſoit par vous effacé de la terre:

Si l'un d'eux eſt ſouſtrait au céleſte couroux,
Vôtre ame en répondra, leur ſang ſera ſur vous.
Courez anéantir leur Criminelle audace.

SAUL.

Engageons-mes ſoldats par la même menace.
Peut-être leur pitié trahiroit mes deſſeins;
Mais, puis qu'il faut que rien n'échappe de nos mains,
Je jure que quiconque, avant la nuit obſcure,
Oſera ſe donner la moindre nouriture,
Que ces fiers Ennemis, pour nous perdre aſſemblez,
Au Dieu que nous vengeons, ne ſoient tous immolez,
Dut ſur mon propre ſang retomber la Tempête,
La Mort du Philiſtin, tombera ſur ſa Tête;
Allez, courez Phanés! & que tout Iſrael,
Apprenne par vos ſoins ce ſerment ſolennel.

SAMUEL.

Vous pouviez les ſoumettre à cette Loi ſevere,
Sans expoſer leurs jours par un vœu téméraire,
Mais ce qu'on voüe au Ciel, ne ſe peut rétracter.

SAUL.

Je ſçaurai le tenir quoi qu'il doive en couter.

à la Reine.

Madame, il n'eſt plus temps de prendre des allarmes,
Adieu; je cours vanger nôtre honte & vos larmes,

ACHINOAM.

Allez Prince, & bien-tôt Triomphant, glorieux,
Venez, vous & mon Fils vous montrer à mes yeux.

Ils partent & la Reine s'adresse au Chœur.

Mes Filles, les Hébreux courent à la Victoire;
Par des vœux pleins d'ardeur prenons part a leur gloire,
Je vais dans le Silence adorer les bontez
De celui, par qui seul nos Arrêts sont dictez:
Vous, pour continuer de le rendre propice,
Offrez lui de vos Chants l'Innocent Sacrifice,
Elevant vers le Ciel, & vos mains & vos cœurs.
Avancez, s'il se peut, le retour des vainqueurs.

Fin du Premier Acte.

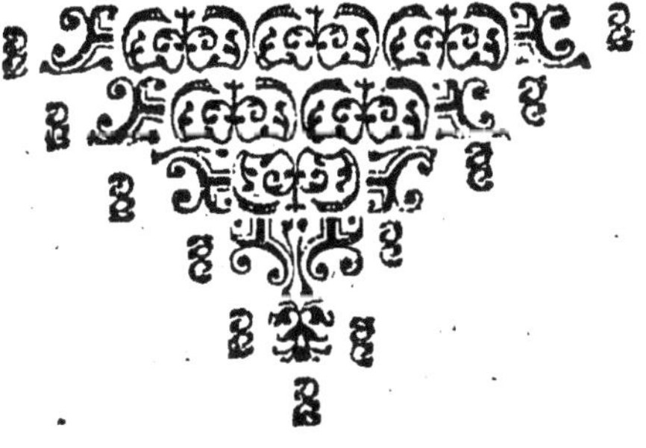

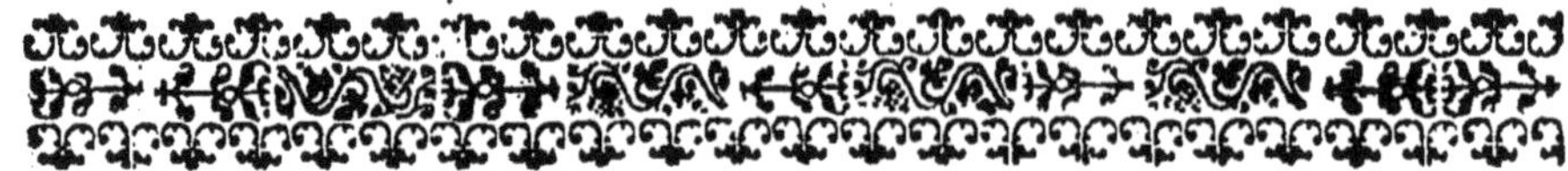

Ier INTERMEDE.

LE CHOEUR.

Dieu Tout-puissant armez-vous du Tonnerre,
Vangez-votre Nom, vangez-nous.
Frappez nos Ennemis jaloux;
Faites tomber sur eux les horreurs de la Guerre:
Sauvez le Peuple saint qui n'adore que Vous.
Dieu Tout-puissant armez-vous du Tonnerre,
Vangez vôtre Nom, vangez-nous.

UNE ISRAE'LITE.

Maître de l'Univers, Toi que le Ciel adore!
Ecoute Israël qui t'implore.
C'est à Toi seul que l'on doit recourir,
Lêve-Toi! vien-nous secourir.

LE CHOEUR.

C'est à Toi seul que l'on doit recourir,
Lêve-Toi! vien-nous secourir.

UNE ISRAE'LITE.

Tu vois nos Ennemis, qui remplis d'insolence,
En leurs divinitez mettent leur espérance;

Souffriras-tu qu'ils bravent ta fureur ?
Confonds leurs desseins téméraires,
Et viens anéantir ces Dieux imaginaires,
Enfans du crime & de l'erreur.

UNE AUTRE.

N'en doutons point, tout nous succéde :
La Victoire a volé devant nos Etandarts ;
En vain nos Ennemis épars,
Appellent le Ciel à leur aide ;
Nous triomphons, leur rage céde,
La Mort les suit de toutes parts.

Dieu terrible ! Dieu des Batailles !
Achéve, & confonds leur orgueil.
Qu'ils tremblent à leur tour pour leurs propres murailles,
Que de leurs vains projets, ce grand jour soit l'écueil !
Qu'il éclaire leurs funérailles,
Et que la Terre en ses entrailles,
Ouvre à leurs Fugitifs un horrible cercueil :
Dieu terrible ! Dieu des Batailles !
Achéve, & confonds leur orgueil.

UNE AUTRE.

Ne crains rien, Israël, tes Ennemis perfides,
Malgré leurs complots homicides,

Du sort que tu craignois, subiront la rigueur:
Le Dieu qui combat pour ta gloire,
Est le Maître de la Victoire,
Peux-tu n'être pas le Vainqueur?

UNE AUTRE.

Dieu vangeur, protége nos armes.

UNE AUTRE.

Comble nos vœux, termine nos allarmes.

LE CHOEUR.

C'est à Toi seul que l'on doit recourir,
Lêve-Toi, vien nous secourir.

UNE ISRAE'LITE récite cecy.

Nous allons du Combat apprendre la nouvelle,
Mes Sœurs, la Reine vient, & Phanés avec elle;
Ecoutons le succés de nos vœux empressez:
Veüille le Dieu vivant les avoir exaucez.

Fin du premier Intermede.

ACTE II.

SCENE PREMIERE.

ACHINOAM, MEROB, MICHOL, PHANES, LE CHOEUR.

PHANES, à la Reine.

Oui, Madame, le Ciel remplira nôtre attente;
Notre Armée a par tout répandu l'épouvante,
Tantot, à nos Soldats, le Roi quittant ces lieux,
Fait prêter le Serment qu'il a fait à vos yeux;
Nous allons, & trouvons des Trouppes éperduës.
Tremblantes de frayeur, de honte confonduës;
La joye & le courage échauffent nos esprits;
Jusqu'au Mont d'Ephraïm l'air emporte nos cris;
Les Hébreux, qui cachez sous ses épaisses Roches,
Du Philistin altier avoient fuy les approches,
Sortent; viennent à nous, & nos communs efforts
Couvrent bien-tôt les Champs de mourants & de morts:

Nos Ennemis en proïe à de justes allarmes,
Se sauvent en désordre, abandonnent leurs armes;
Comme l'on voit les flots l'un par l'autre chassez,
Au bord qui les retient se briser, repoussez,
Ainsi les Philistins, que leurs fraïeurs dispersent,
Courent, hâtent leurs pas, se pressent, se renversent,
Et souvent la terreur, qui les aveugle tous,
Les présente abbatus au devant de nos coups,
Nôtre Armée en fureur, à son Serment fidéle,
N'en veut laisser aucun échapper à son zéle,
Et le Roi ne pouvant, avant la fin du jour,
Se flatter de se voir prés de vous de retour,
M'ordonne de vous dire à quelle gloire extrême....

ACHINOAM.

On vient, Phanés.

PHANE'S.

Que vois-je?

SCENE SECONDE.

ACHINOAM, SAUL, JONATHAS, MEROB, MICHOL, PHANE'S. Le Chœur.

ACHINOAM, à Saül.

Ah, Seigneur, c'est vous même!
Mon cœur n'a donc enfin, plus rien à redouter?
Ma joïe & mes transports peuvent donc éclater?
Par vous, des Philistins, le Ciel confond l'audace;
Au Trône du Tres-haut vous avez trouvé grace,
Son suprême Pouvoir en vos mains est remis,
Vous triomphez, Seigneur! & vous aussi mon Fils!
O! glorieuse Epouse! O! trop heureuse Mere!
Quel souhait désormais me reste-t'il à faire?.....
Mais, quel ennuy profond est marqué dans vos yeux?
Quel chagrin obscurcit vôtre front glorieux?
Vous soupirez, Seigneur; Ah! rompez le silence!
Le Ciel a-t'il trahi nôtre juste espérance?
Abusiez-vous Phanés, mes crédules esprits?
Et le Dieu de Jacob est-il sourd à mes cris?

SAUL.

Non, Madame, Israël remporte la victoire,
Le Ciel & Jonathas nous ont comblé de gloire,
Phanés vous a parlé de la part de son Roy.

ACHINOAM.

Quel malheur cause donc le trouble où je vous voy ?

SAUL.

Ecoutez, & jugez du chagrin qui m'agite,
Le Philistin cherchoit son salut dans la fuite,
Ses Soldats sous nos coups expiroient, terrassez,
Et dans leur lâche sang nageoient leurs corps glacez,
Quand j'apprens que plusieurs évitans leur deffaite,
Dans les Bois d'Ajalon ont choisi leur retraite ;
On me le dit, j'y cours, l'Armée y suit mes pas,
Lorsque, prêts d'y porter la flâme & le trépas,
Le Prophéte en fureur s'oppose à mon passage,
Arrête, crains, dit-il, d'avancer davantage,
L'Eternel irrité s'est retiré de toy,
Et quelqu'un dans l'Armée a transgressé sa Loy,
Avant que de remplir son ordre & ta vengeance,
Cherche & livre à la mort le Traître qui l'offence
Ou Dieu, par ton trépas, punissant tes refus,
Passera contre toi, du côté des Vaincus.
Retourne, ajoûte-t'il, le Ciel, à ma priére,
Nous apprendra quel crime allume sa colére.
Il dit, & par ces mots, arrêtant Israël,
Fait retourner au Camp l'Arche de l'Eternel.
Un bruit séditieux s'éleve dans l'Armée,
Abner court appaiser leur colére allumée,
Tandis que de regret & de crainte saisis,
Nous regagnons ce Camp, de ma Garde suivis.

ACHINOAM.

A d'éternels ennuis ainsi livrez en proïe,
Toûjours quelque fraïeur corrompra nôtre joïe;
Ciel! quel nouvel orage est donc prêt d'éclater?
Mais, à quel terreur me laissai-je emporter?
Si quelqu'un des Soldats, trahissant vôtre gloire,
Par un crime secret a soüillé sa victoire,
Devons-nous en répondre aux yeux du Tout-puissant?
Non, non, de ce forfait son Peuple est innocent,
Rien n'en obscurcira la splendéur immortelle.

JONATHAS.

Rien ne l'obscurcira, s'il demeure fidéle;
Mais la gloire promise à nôtre Nation,
Ne se doit accorder qu'à sa soûmission:
Méritons que pour nous, prodigue de Miracles,
Le Ciel daigne remplir nos vœux & ses Oracles:
L'un de nous a péché, cherchons le Criminel,
Qu'il tombe dés ce jour sous le coûteau mortel;
La gloire, le devoir, le Ciel inéxorable,
Tout nous prescrit la Loi d'immoler le Coûpable;
Mon cœur même est troublé par de secrets soupçons,
Et nos justes frayeurs n'ont qûe trop de raisons;
Jadis, du lâche Achan l'avarice assouvie,
Alloit perdre Israël, s'il n'eût perdu la vie:
Périsse le Coûpable, & courons achever
D'abattre un Ennemi qui peut se relever;

Ne

Ne nous repaissons point de la gloire imparfaite,
Qu'a répandu sur nous sa derniére deffaite;
Ses plus braves Soldats par nous sont abbatus;
Mais il en reste à vaincre, oublions les Vaincus.

Sous vos ordres, Seigneur, dans leur retraite obscure,
Tous les Hébreux iront en purger la nature.

SAUL.

Voïons auparavant nôtre trouble éclairci;
Samuël nous dira quel est.... mais le voici.

SCENE TROISIEME.

SAUL, ACHINOAM, MEROB, MICHOL, SAMUEL, PHANES, JONATHAS, Le Chœur.

SAUL, à Samuël.

LE Ciel s'explique-t'il? que venez-vous m'apprendre?

SAMUEL.

L'Eternel a parlé, j'ai frémi de l'entendre,
Je l'ai vû formidable & plein de son couroux,
Me reprocher les pleurs que je versois pour vous;
Vainement pour fléchir sa Grandeur offensée,
J'ai rappellé le cours de sa Bonté passée,

Du choix qu'il fit de vous, contraint au repentir,
La foudre, de ses mains, alloit bien-tôt partir;
Je suis tombé, saisi de douleur & d'allarmes,
Et tremblant & baignant la Terre de mes larmes,
J'ai prié le Tres-haut de détourner sur moi
Les horribles malheurs qui menaçoient mon Roi:
Léve-toi, m'a-t'il dit, ta priére m'offense,
Tu prétens vainement retenir ma vengeance;
Un crime tout nouveau soüille encor Israël.

SAUL.

Ah! quel crime! achevez, nommez le Criminel,
J'atteste le Seigneur, qu'un supplice terrible,
Satisfera bien-tôt son couroux infléxible:
Oüi, je le jure encor, à ce Dieu qui m'entend,
Puisse, si cet Arrêt se change ou se suspend,
Le Philistin vainqueur voir sa rage assouvie,
Et m'arracher un jour la Couronne & la vie.

SAMUEL.

Le crime m'est connu, vous allez le sçavoir;
Mais j'ignore quel lâche a trahi son devoir,
Et bien-tôt dans ces lieux vos Trouppes rassemblées,
Vont sortir des fraïeurs dont elles sont troublées;
Pour connoître quel traître a mérité la mort,
Aux yeux de tous les Juifs je dois jetter le sort,
Et Dieu veut que vous-même ordonniez le supplice,
De celui dont le crime irrite sa Justice.

SAUL.

Il mourra ; mais quel crime enfin a-t'on commis ?

SAMUEL.

Tantôt, prêt à marcher contre nos Ennemis,
Vous avez fait Serment, qu'avant la nuit obscure,
Si quelqu'un se donnoit la moindre nourriture,
Que tous les Philistins ne fussent immolez,
Son trépas vangeroit vos Sermens violez ;
L'un de vous n'a pas craint cet ordre redoutable.

JONATHAS, à part.

Juste Ciel !

SAUL.

Ah ! courons, & cherchons le Coûpable.

SAMUEL.

Il a plus fait encor, son cœur s'est revolté,
Il a de vos Decrets bravé l'autorité ;
Au murmure, au mépris sa bouche s'est ouverte.

SAUL.

Ciel ! . . . mais courons hâter ma vengeance & sa perte.
Toi, Phanés, sur celui qu'accusera le sort,
Exécute l'Arrêt qui le livre à la mort ;
Qu'aux honneurs de la Tombe il ne puisse prétendre,
Et qu'on refuse même un azile à sa cendre.
Allons . . . .

JONATHAS.

Sans assembler les Trouppes d'Israël,
Je connois & vous vais livrer le Criminel.
Oüi, Phanés, que ta main dans son sang soit trempée,
Approche! & dans mon sein, vien! plonge ton Epée.

PHANE'S.

Seigneur!

JONATHAS.

Plonge! que rien ne retienne ton bras!

MICHOL.

Ciel!

SAMUEL.

Qu'entens-je!

ACHINOAM.

Mon Fils!

ME'ROB.

Mon Frere!

SAUL.

Jonathas!

JONATHAS.

Oüi, c'est moi, malheureux, dont le crime funeste,
Vient d'armer contre vous la vengeance céleste;
J'ignorois le Serment qui nous a tous liez,
Et frappant les Vaincus, tremblans, humiliez,
J'ai senti ma main lasse & ma force abbatuë,
Lorsqu'un raïon de Miel s'est offert à ma vûë.

Déja, j'avois porté ce poiſon dans mon ſein;
Quand un Soldat m'apprend vôtre ordre Souverain:
Je l'avoüe à vos pieds, ma bouche téméraire
A murmuré, Seigneur, de cette Loi ſévere:
Vous m'en voïez ſaiſi de honte & de regret;
Mon cœur s'étoit flatté qu'un murmure indiſcret
N'étoit contre le Ciel qu'une legere offence;
Je connois mon erreur, prenez vôtre vengeance.
Malheureux, qu'un forfait doive trancher mon ſort!
Trop heureux, ſi je puis m'en laver par ma mort!

SAUL.

Qu'avez-vous fait, mon Fils?

SAMUEL.

Toi, qui punis nos crimes,
Grand Dieu! que tes Conſeils ſont de profonds abîmes!
Qu'ils ont d'obſcurité pour nos foibles eſprits!
Quelquefois, d'un forfait un ſecond eſt le prix,
Souvent les traits vangeurs que lance Ta colere,
Puniſſent dans le Fils l'iniquité du Pere,
Et Ta main, nous cachant Tes redoutables coups,
Confond nôtre Juſtice, & remplit ton couroux.

Tremblez, Saül, tremblez, l'Eternel infléxible
Appeſantit ſur vous ſa main juſte & terrible.
D'un Sacrifice offert contre ſon ordre exprés,
Qui ſçait ſi vos malheurs ne ſont pas les effets?
Sa fureur eſt déja prête à ſe ſatisfaire,
Et d'un doute coûpable, & d'un vœu téméraire:

Déja le coup fatal qu'il vous porte aujourd'huy
Du Trône où vous régnez va renverser l'apuy ;
Craignez ! craignez enfin que, réprouvé vous même
Il n'ôte à vôtre front le sacré Diadême ;
Qu'au milieu des horreurs d'un funeste revers,
Vôtre chutte & nos maux n'étonnent l'Univers,
Qu'il n'apprenne, par vous, aux Maîtres de la Terre,
Que leur rang ne les peut dérober au Tonnerre,
Que, forcez de subir ses Decrets éternels,
Ils ne sont, devant Lui, que de simples mortels,
Et qu'un Roi n'est jamais digne de la Couronne,
Qu'autant qu'il fait régner le Dieu qui la lui donne.

SAUL.

Eh ! quels coups plus cruels sçauroit-il me porter ?
Au comble du malheur qu'a-t'on à redouter ?
Aux cœurs désesperez, la menace est frivolle ;
J'aime un Fils, je le pers, que dis-je ? je l'immolle,
Forcé d'éxécuter mes Sermens inhumains,
Je plonge dans son sang mes parricides mains ;
La Mort à mon Supplice est-elle comparable ?

ACHINOAM.

Quoi ! son crime, Seigneur, n'est-il pas pardonnable !

SAUL.

Rien ne peut le sauver, mon Serment l'a perdu.

ACHINOAM.

Je frémi, juste Ciel ! l'ais-je bien entendu ?

Quoi! le jour qu'Israël s'abandonne à la joïe ;
Réduite au déséspoir, à mes douleurs en proïe,
Je vêrai donc ce Fils si cher, si glorieux,
Ce Fils, avec amour élevé sous mes yeux,
D'une barbare main éprouver la furie,
Et tomber dans son sang sans couleur & sans vie!
Je vêrai par le fer ses membres déchirez,
Sur le Bûcher épars, des flâmes dévorez,
Sa mémoire en horreur, par moi seule gardée ;
Et son nom défendu dans toute la Judée!
Tombe plûtôt sur moi le céleste couroux ;
Oüi, mon Fils! j'y consens, oüi, je mourai pour vous.
Qu'une si douce mort aura pour moi de charmes!
Ciel! daigne l'accorder à mes vœux, à mes larmes,
Ne lui refuse pas ce généreux secours,
Et reçois tout mon sang, pour le prix de ses jours.

MICHOL.

Ah! mon Pere, rompez le Serment qui vous lie.

MEROB.

Ecoutez nos soûpirs & ceux de la Patrie.

SAUL.

Hélas!

JONATHAS.

Ne formons point des desseins superflus ;
Suivons du Tout-puissant les ordres absolus ;

Son couroux redoutable allumé par mon crime,
Veut que mon sang versé, lui serve de victime;
Ma vie est en ses mains.

ACHINOAM.

Quel est vôtre forfait?
Dieu punit-t'il un mal que l'erreur seule a fait?

SAMUEL.

Ah Reine! où vous emporte une douleur funeste?
Vous osez attaquer la Justice céleste!
Est-il donc un Mortel assez audacieux,
Pour condamner le Dieu de la Terre & des Cieux?
Apprenons, quelque soit l'effet de sa colere,
A céder, à souffrir, à trembler & nous taire.

JONATHAS.

Oüi, cédons aux rigueurs d'une trop juste Loi;
J'ai parlé sans respect des ordres de mon Roi,
J'ai trahi son Serment, nul espoir ne m'abuse;
L'ignorance est au crime une frivolle excuse,
L'Eternel est terrible, immuable, jaloux;
Sans plainte & sans murmure adorons son couroux:
Hélas! loin de former des souhaits pour la vie,
Le trépas qui m'est dû fait ma plus chére envie:
Désesperé, confus, importun à mes yeux,
Je me montre avec honte à la clarté des Cieux;
Et puis-je soûtenir le Soleil qui m'éclaire?
Le Dieu que je servois me voit dans sa colere;
Il me haït, & je vis! & ma juste douleur
N'a pas encor fini ma vie & mon malheur.

Je vis! & retranché de son Peuple fidéle,
Il ne voit plus en moi qu'un perfide, un reeblle,
Exclus des biens promis à nôtre Nation,
Et l'objet qui a proscrit sa malédiction.
Ah! d'une juste horreur mon ame possédée,
Ne peut plus soûtenir cette effroïable idée!
Seigneur! hâtez le coup qui doit finir mon sort,
Et, par pitié du moins, qu'on me livre à la mort.

ACHINOAM.

Non, vous ne mourrez point, l'Eternel moins sévere,
Conservera ce bras à l'état nécessaire,
Ce bras, qui jeune encor, a tant de fois vaincu.

JONATHAS.

Quiconque a fait un crime a toûjours trop vêcu.
au Roi.
J'entens, Seigneur, j'entens vôtre cœur qui murmure,
Mais Dieu parle, étouffez la voix de la nature;
Laissez un miserable à soi-même odieux,
Indigne de l'honneur de vos derniers adieux;
Seulement, consolez une Mere éplorée,
Et hâtez une mort déja trop differée;
Phanés achevera d'exécuter....

PHANE'S.

Qui, moi?
Que je porte la main sur le Fils de mon Roi!
Seigneur, si mes refus, sont pour vous une offence,
Punissez, par ma mort, ma désobéissance?
J'en attendrai l'Arrêt, trop heureux d'expirer,
Pour ne point voir le coup qu'on va vous préparer!
Il sort.

SCENE QUATRIE'ME.

SAUL, JONATHAS, ACHINOAM MICHOL, SAMUEL, LE CHOEUR.

SAUL.

Estes-vous satisfait, Dieu vangeur? & ma peine
Est-elle assez cruelle au gré de vôtre haine?
Quel cœur outré d'ennuis, & d'horreur pénétré,
Par des troubles pareils fût jamais déchiré?
A violer mon Vœu, si j'ose me résoudre,
Sur mon Peuple & sur moi j'entens gronder la foudre;
Si je tiens ce qu'au Ciel mes Sermens ont promis,
Je plonge le Poignard dans le sein de mon Fils;
Que je suive mon zéle, ou céde à la nature,
Je deviens, malgré moi, parricide ou parjure....
Cependant mon devoir est toûjours le plus fort,
Jonathas a peché, je souscris à sa mort;
Mais, avant que du Ciel je serve la vengeance,
Essaïons, s'il se peut, d'émouvoir sa Clémence;
S'il me force à tenir mon funeste Serment,
Samuël me verra céder aveuglément,
J'en mourrai; mais du moins en cet état horrible,
Qu'il fasse éxécuter un Arrêt si terrible,
Et qu'on ne force point un Pere malheureux,
A prononcer d'un Fils le trépas rigoureux.

SAMUEL.

Je gémis comme vous de cet Arrêt ſevere
Mais enfin, oubliez le tendre nom de Pere ;
Souvenez-vous du jour terrible & ſolennel,
Qu'Abraham ſur ſon Fils leva le fer cruel ;
Retracez-vous Jephté dans un état ſemblable,
Dévorant, en ſecret, la douleur qui l'accable,
Et, de quelque pitié qu'il ſe ſente toucher,
Lui-même, de ſa Fille ordonnant le bûcher.
Armez-vous, dans ce jour, d'une égalle conſtance.

SAUL.

Ah ! ne m'arrachez point un reſte d'eſpérance,
Aux pieds de l'Eternel daignez guider nos pas.

SAMUEL.

Allons.

ACHINOAM.

Venez, mon Fils, je ne vous quitte pas.
Le Ciel va nous ſauver, ou perdre l'un & l'autre,
J'entendrai mon Arrêt en écoutant le vôtre,
Et ſi de vôtre vie on éteint le flambeau,
Nous deſcendrons tous deux dans le même tombeau.

Fin du ſecond Acte.

II. INTERMEDE.

MICHOL & LE CHOEUR.

MICHOL, chante.

Dieu de Jacob, appaise ta colere,
Ecoute la voix de mes pleurs.
Tremblante pour les jours d'un Frere,
Je viens t'offrir ma vie & mes douleurs;
Nous seras-tu toûjours sévere?
Dieu de Jacob, appaise ta colere,
Ecoute la voix de mes pleurs.
Prêt à lancer la foudre, arrête & considere,
Qu'une Nation étrangere,
Va triompher de nos malheurs.
Dieu de Jacob, appaise ta colere,
Ecoute la voix de mes pleurs.

UNE ISRAE'LITE.

L'Eternel finira vos craintes inutiles;
Souvent, troublant le cours de nos destins tranquiles,
Il se plaît à nous allarmer;
Mais bien-tôt cessants de nous plaindre,
Nous sentons qu'il ne s'est fait craindre,
Que pour se faire mieux aimer.

MICHOL.

Je ſçai que nôtre Dieu pardonne ;
Que ſes Bontez égallent ſon pouvoir ;
Que ſouvent, s'il punit celui qui l'abandonne,
C'eſt pour le rendre à ſon devoir ;
Mais quand, dans ſa fureur, il peſe nos offences,
Qui peut ſoûtenir ſes vengeances ?
Peut-être Jonathas les va-t'il éprouver ;
Peut-être .... je frémi, je demeure immobile ;
Hélas ! mon Frere, où ſera ton azile ?
Un Dieu vangeur te ſuit, qui pourra te ſauver ?

Grand Dieu ! j'implore ta clémence.
D'un malheureux Coûpable embraſſe la deffenſe.
Veux-tu ſemer par tout la triſteſſe & l'effroi ?
Entens du haut des Cieux l'Innocent qui te prie ;
Mon cœur n'a point encor peché contre ta Loi,
J'en veux faire à jamais le bonheur de ma vie,
Dieu ſecourable, exauce moi.

LE CHOEUR.

O Ciel ! finis nos craintes.
Conſerve nôtre appui,
Que nos pleurs, que nos plaintes,
Trouvent Grace pour lui.

MICHOL, récite cecy.

Pourſuivez & tâchez d'appaiſer ſa Juſtice,
Peut-être conduit-on Jonathas à la mort,
Ce doute eſt pour mon cœur un trop cruel ſupplice ;
Je vous laiſſe, & je cours m'informer de ſon ſort.

Elle s'en va.

UNE ISRAE'LITE, chante.

O Toi! qui devant nous as fait marcher la foudre,
Et de cent Rois liguez, renversé les desseins;
Toi, par qui leurs Trônes en poudre,
Ont servi de Trophée à l'honneur de Tes Saints!
N'és-Tu plus nôtre Pere? & pour un vain murmure,
Verrons-nous expirer sous une Loi trop dure,
Un Prince en qui Ta Gloire & nôtre espoir est mis?
Eh! dequoi nous sert-il d'être un Peuple fidéle?
Si Ta séverité nous est aussi cruelle
Que Ta fureur l'est à Tes Ennemis....
Mais arrête, Insensée, & rentre dans toi-même;
Et Toi, Grand Dieu! pardonne à ma douleur extrême,
Je le sçai, Ta Justice arme seule Ton Bras;
Un Monarque est Ta vive Image,
Quiconque, en lui, te fait le moindre outrage,
Doit l'expier par son trépas.

LE CHOEUR.

O Ciel! finis nos craintes,
Conserve nôtre appui;
Que nos pleurs, que nos plaintes,
Trouvent Grace pour lui.

UNE ISRAE'LITE, récite cecy.

Le Ciel n'a point encor fait éclatter sa haine;
J'apperçoi Jonathas; allons joindre la Reine.
D'un Prince infortuné respectons le malheur
Nôtre presence icy contraindroit sa douleur.

Fin du second Intermede.

ACTE III.

SCENE PREMIERE.

JONATHAS, ABNER.

JONATHAS.

LAissons-les ; ma vertu n'est que trop affoiblie ;
Devant leur désespoir ma constance s'oublie,
Mon Pere, prosterné, tâche à cacher ses pleurs,
Et la Reine, sans voix, succombe à ses malheurs,
Tandis que pour calmer ses mortelles allarmes,
Mes Sœurs, en l'embrassant, la baignent de leurs larmes;
Le Ciel par son silence explique ses refus,
Et pour moi Samuël fait des vœux superflus.
Quel changement Abner! tantôt, comblé de joïe,
De voir nos Ravisseurs devenus nôtre proïe,
Tout sembloit s'être uni pour remplir mes desirs,
Mon cœur rassasié nageoit dans les plaisirs,
J'osois l'abandonner à la flatteuse idée,
Que Dieu sauvoit par moi les Peuples de Judée,

Et quand je ſuis peut-être au faîte des honneurs,
Tu le vois, j'ai péché cher Abner, & je meurs.

ABNER.

Vous mourez! vous Seigneur! vous de qui la victoire,
A de ce jour terrible éterniſé la gloire!
Vous! du plus grand des Rois l'apui, le digne Fils,
Vous, l'éternel effroi de tous nos Ennemis;
Vous mourez, dites-vous! & quelle main perfide,
Voudra porter ſur vous ſa fureur homicide?
Non, quelque ſoit l'Arrêt qui vous livre à la mort,
Vous vivrez; je répons ici de vôtre ſort:
Bien-tôt....

JONATHAS.

Arrête, Abner: juſqu'où va ton audace?
Quel Mortel peut parer le coup qui me menace?
Celui qui me pourſuit commande à l'Univers,
Sous Lui, frémit le Ciel, & tremblent les Enfers;
La Mort toûjours aveugle & toûjours infléxible,
Est de ſes volontez le Miniſtre terrible;
Il commande, elle frappe, & tes projets ſont vains,
Quand l'Eternel me livre en ſes barbares mains.

ABNER.

Loin de vous y livrer, il inſpire à l'Armée,
L'audace & la fureur dont elle eſt animée,
Il répand dans nos cœurs le deſſein glorieux,
De vous ſouſtraire aux coups d'un trépas odieux,

De trahir

De trahir de Saul la volonté ſuprême,
Et de ſauver vos jours, Seigneur, malgré vous-même.

JONATHAS.

O Ciel!

ABNER.

Il n'eſt plus tems de rien diſſimuler,
Nos Soldats ont appris qu'on vous veut immoler,
Et tous ont proteſté d'abandonner la vie,
Plûtôt que de ſouſcrire à cette barbarie;
Si les Prêtres, le Peuple oſe leur reſiſter,
Le Fer décidera qui le doit emporter:
Quoi-qu'il en ſoit Seigneur, prêts à tout entreprendre,
Juſqu'au dernier ſoûpir, nous ſçaurons vous deffendre.

JONATHAS.

Ah Cruel! eſt-ce ainſi qu'il faut me ſecourir?
Eh! que prétendez-vous?....

ABNER.

Vous ſauver, ou périr.
Quoi donc! quand vôtre bras ſurmontant mille obſtacles
Par tout où vous courez enfante des miracles?
Quand vos Exploits, rendans vôtre nom immortel,
Viennent d'enſevelir la honte d'Iſraël,
Aprés avoir vers nous, rappellé la victoire,
Pour fruit de vos Travaux, pour prix de nôtre gloire,
Un ſacrilege Acier vous ouvrira le flanc!
Nos Lauriers ſeront teints d'un ſi précieux ſang!

Non, dût ſur moi le Ciel épuiſer ſa furie,
Mon Zéle audacieux répond de vôtre vie;
Le Roi même, malgré ſon injuſte rigueur,
Nous en applaudira dans le fonds de ſon cœur,
Trop heureux, que ſauvé de commettre un Parjure,
On le force à céder aux Loix de la Nature.

JONATHAS.

Trop de Zéle t'aveugle, Abner! me connois tu?
Parle! me crois-tu donc aſſeZ peu de vertu?
Penſe-tu que la mort me cauſe tant d'allarmes,
Et que pour moi la vie ait de ſi puiſſans charmes,
Qu'aux dépens de ma gloire, avare de mes jours,
Je veüille par un crime en prolonger le cours!
Ah! ſi, pour me ſauver, vos Trouppes emportées,
S'obſtinent au Projet qui les ont révoltées,
Ce bras vangeant le Ciel & ſoûtenant ſon Roi,
Préviendra des deſſeins....

ABNER.

Commencez-donc par moi.
Allez teint de mon ſang, immoler des rebelles,
Qui ne le ſeroient pas s'ils étoient moins fidelles,
Contre tous nos Guerriers, armez vôtre couroux.
Puniſſez leur tendreſſe & leur zéle pour vous!
PartеZ! courez en faire un barbare carnage!
Immolez tant d'Amis dont l'amour, le courage,
Dans les plus grands périls vous a prouvé leur foi;
Ils ont appris à voir le trépas ſans effroi,

Ne craignez de leur part ni plainte, ni murmure,
Allez; mais n'écoutez ni pitié, ni nature;
S'il en échappe un ſeul à vôtre cruauté,
Je répons de ſon zéle & de ſa fermeté;
Sans que crainte, reſpect, ni devoir le retienne,
Pour ſauver vôtre vie, il donnera la ſienne,
Et d'une noble ardeur n'écoûtant que la voix,
Il oſera s'armer contre vos propres Loix.

IONATHAS.

Grand Dieu qui vois mon cœur & l'horreur qui l'accable,
Lance ſur moi des Cieux ta foudre redoutable;
Remets en ce moment ta vengeance à ton bras,
Et prévien, par ma mort, de ſi noirs attentats!
Mais j'apperçoi Mérob.

SCENE SECONDE.

JONATHAS, MÉROB, ABNER.

JONATHAS.

Dois-je aller au ſupplice,
Ma Sœur? n'eſt-il pas tems que mon trouble finiſſe?

MÉROB.

Ah! mon Frere, le Ciel eſt pour vous ſans ſecours;
Et vous ſeul, cher Abner, pouvez ſauver ſes jours;
Joignez-vous à l'Armée, au Peuple qui murmure,
Tout l'abandonne hélas! l'amitié, la nature,
Il va périr, il meurt, ſi par un noble effort,
Vôtre amour ne l'arrache à ſon malheureux ſort;
L'Eternel implacable a gardé le ſilence,
Et mon Pere eſt contraint à ſervir ſa vengeance,
Du trépas de ſon Fils il a donné l'Arrêt,
Le Bûcher eſt dreſſé, le Fer eſt déja prêt....

JONATHAS.

La Victime à l'Autel tarde trop à ſe rendre.
Allons....

ABNER.

Ah! demeurez....

JONATHAS.

Qu'oſez-vous entreprendre?

C'en est trop; respectez le Fils de vôtre Roi.
Je vous deffends Abner de marcher aprés moi;
L'amitié, jusqu'ici, retenant ma colere,
M'a fait souffrir de vous un discours téméraire;
Mais, je n'écoûte plus d'Amis, ni d'Alliez,
Le Ciel parle, mon cœur les a tous oubliez;
Jusqu'au dernier moment méritez mon estime,
Et ne me forcez point, en commettant un crime,
A traitter les Auteurs de vos hardis Projets,
Comme l'on doit traitter de rebelles sujets.

Il sort.

MEROB, à Abner.

Ne l'abandonnez-pas; sauvez-le de lui-même.

SCENE TROISIE'ME.

JONATHAS, ME'ROB, ABNER, PHANE'S.

PHANE'S.

SEigneur, de tout l'Etat le péril est extrême.

JONATHAS.

Ah! je connois Abner ton funeste secours;
Parlez Phanés.

PHANE'S.

Le Camp allarmé pour vos jours,
Sur les Projets d'Abner fondoit quelque esperance;
Mais nos Soldats cédans à leur impatience,
Les armes à la main, le couroux dans les yeux,
Viennent comme un Torrent de fondre dans ces lieux;
Par des cris menaçans irritans leur furie,
Tous s'exhortent ensemble à vous sauver la vie,
Le Zéle & la colere ici guident leurs pas,
Et par tout l'on entend, Grace pour Jonathas.
Déja les plus hardis ont, d'un bras formidable,
Renversé du Bûcher l'appareil redoutable,
Tandis qu'auprés du Roi, les autres à genoux,
Demandent en pleurant d'être immolez pour vous,
J'ignore de quel œil le Roi voit ce spectacle,
Mais, comment pourroit-il vouloir y mettre obstacle?
Son sang parle pour vous, remplissez tous nos vœux,
Vivez....

JONATHAS.

Ciel! que je trempe en ce complot affreux!
Que l'on mêle mon nom à celui de ces Traîtres!

PHANE'S.

Vous resistez en vain, Seigneur, ils sont les Maîtres.
Ce qu'ils ont entrepris, ils sçauront l'achever,
Et jusques dans ces lieux, ils vont vous enlever.

JONATHAS.

A cet horrible excés porter la violence!
Ah! courons prévenir une telle insolence;
Le Ciel finit mon trouble & veut bien m'éclairer;
Livrons-nous aux Projets qu'il daigne m'inspirer;
Remplissons des Soldats l'ardeur impatiente,
Ils me verront; je vais surpasser leur attente:
à Phanés.
Vous Abner, demeurez...... toi ne me quitte pas.

ME'ROB.

Quoi qu'il ordonne, allez! suivez par tout ses pas.

ABNER.

Reposez-vous sur moi du soin de le deffendre.
Tant que j'aurai du sang que je pourrai répandre,
On prendra contre lui d'inutiles desseins;
La foudre le peut seule arracher de mes mains.

ME'ROB.

Ce n'est dans nos malheurs qu'en vous seul que j'espere,
Allez! le Roi paroît, évitez sa colere.

SCENE QUATRIE'ME.

SAUL, ACHINOAM, ME'ROB, MICHOL, LE CHOEUR.

SAUL, à la Reine.

Non, quoi qu'à mon couroux vous puissiez opposer,
Leur insolent orgueil ne sçauroit s'excuser ;
Quoi ! couvrant leur fureur d'un zéle sacrilege ;
Et bravant de mon Rang le sacré Privilege,
Ils oseront tenter de me faire la Loi !
Des rebelles Sujets insulteront leur Roi !
Ah ! bien-tôt.....

ACHINOAM.

Ah Seigneur ! avec plus d'indulgence,
Daignez envisager leur désobéïssance !
Ils veulent retirer des portes du trépas,
Leur amour, nôtre espoir, vôtre Fils Jonathas ;
Ils veulent vous sauver aux horreurs éternelles,
D'avoir dans vôtre sang trempé vos mains cruelles.

SAUL.

Non, non ; vous ignorez jusqu'où vont leurs Projets,
Et leur révolte impie a bien d'autres objets :
Toûjours ce Peuple ingrat, séditieux, volage,
Eût la rebellion & l'audace en partage ;

Contre

Contre leurs Souverains prompts à se soûlever,
En fût-il que les Juifs n'osérent point braver?
Lassez que Samuël eût le Pouvoir suprême,
Ces Ingrats l'ont forcé de l'abdiquer lui-même,
Je régne, & le Pouvoir en mes mains confié,
M'est par ces mêmes Juifs maintenant envié;
Ils prennent aujourd'hui l'occasion offerte,
Moins pour sauver mon Fils, que pour hâter ma perte,
C'est pour eux un prétexte à s'armer contre moi,
Ils l'auroient condamné, s'il eût été leur Roi:
Mais, mon juste couroux trompera leur attente,
Nos Lévites rangez au tour de cette Tente,
Par mes ordres secrets s'arment pour les punir;
Leur Tribu toute entiére avec eux va s'unir,
Benjamin s'y joindra; que ce jour formidable,
Rameine le grand jour, où Moïse implacable,
Pour punir les Hébreux du Veau d'or élevé,
Ordonnât qu'en leur sang leur crime fut lavé;
Que Lévi me vangeant de ses Freres perfides,
Ensanglante ses bras de nouveaux parricides!
Qu'il soûtienne sa Gloire, & mon Autorité!
Qu'il obéisse au Ciel, justement irrité,
Et que semant ce Camp de Morts & de carnage,
Il tâche d'égaler la vengeance à l'outrage.

ACHINOAM.

Et bien, Seigneur! suivez un dangereux couroux;
Mais quel succés funeste en recueillerez-vous?

Vous allez, enyvré d'une aveugle vengeance,
De vos heureux Sujets troubler l'intelligence,
De ce jour glorieux obscurcir tout l'éclat,
De vos meilleurs Soldats épuiser vôtre Etat,
Donner à leur révolte un motif légitime,
Les armer contre vous, les enhardir au crime,
Ranimer les Vaincus, par vos faits effrayez,
Et peut-être attirer les maux que vous fuyez;
Mais, quand Maître absolu de vôtre destinée,
Vous verriez, la Fortune à vos vœux enchaînée,
D'un projet, qu'au hazard la colere a produit,
Voyez, Seigneur! voyez, quel doit être le fruit!
Vôtre Fils .... à ce nom, vôtre cœur plus timide,
Voudra-t'il suivre encor la fureur qui le guide?
Vôtre malheureux Fils, sanglant défiguré,
Sur le Bûcher funeste à vos yeux déchiré;
Tandis, qu'au déséspoir, & de terreur saisie,
Le coup dont il mourra m'arrachera la vie,
Et que ses Sœurs & moi cédant à nos malheurs,
Trouverons dans la mort la fin de nos douleurs.

SAUL.

Ah Madame! cessez d'étonner mon courage;
Détournez de mes yeux cette sanglante image,
Ne songeons qu'à punir de rebelles Soldats,
Courons les immoler ... mais, que fait Jonathas?
Prés de moi dans ces lieux il auroit dû se rendre,

à Mérob.

L'avez-vous vû?

ME'ROB.

Seigneur! je n'ose vous l'apprendre....
Les Hébreux....

SAUL.

Achevez!

ME'ROB.

Révoltez, furieux,
Ont porté jusqu'ici leurs pas séditieux;
Tous frappez de l'horreur du fatal Sacrifice,
Prétendoient enlever Jonathas au suplice;
J'ignore quel projet il a pû méditer,
Mais parmi ces Mutins il s'est allé jetter.

SAUL.

Ciel! qu'enten-je?... mais non, sa vertu m'est connuë;
Dans d'aussi grands périls elle s'est soûtenuë,
Mon Fils n'est point coûpable & soûmis à ma Loi,
Je le verrai s'armer....

SCENE CINQUIE'ME.

SAUL, ACHINOAM, ME'ROB, MICHOL, ABNER, Le Chœur.

ABNER, à Saül.

TOn Fils n'est plus à toi,
Prince ! de tes Soldats l'élitte redoutable,
Lui fait de leur courage un rampart formidable ;
Pour aller jusqu'à lui, tu dois avec terreur,
Sur eux, & sur leur Chef assouvir ta fureur....

SAUL.

Oüi, les Traîtres mouront, oüi leur Chef infidelle,
Payera de son sang son audace rebelle ;
Nommez-le-moi, sa mort remplira mon couroux :
La Tribu de Lévi va se joindre avec nous....

ABNER.

Tu t'abuses, Saül ; quoi-que ta fureur tente,
Un malheureux succés trompera ton attente,
Les Mutins plus nombreux ne seront point domtez ;
Pour ce rebelle Chef qui les a revoltez,
Quand tu le connoîtras, tu seras magnanime ;
Son heureuse révolte est plus vertu que crime ;
C'est en te trahissant qu'il te prouve sa foi.

SAUL.

Je lui pardonnerois ! & quel est-il donc ?

ABNER.

Moi.

SAUL.

Abner !

ABNER.

Moi, qu'à ton sort le sang, l'amitié lie,
Moi, qui perdrois le jour pour prolonger ta vie,
Et qui de ta douleur pénétrant les secrets,
Veux prendre contre toi tes propres interêts :
Je lis dans tes regards le couroux qui t'entraîne ;
Mais suspens, pour m'entendre, une colere vaine,
Appren ce qui m'anime, & connoi mes desseins.
Le Sceptre, aprés ta mort, peut tomber dans mes mains,
Jonathas y doit mettre un obstacle invincible ;
Voi ! si l'ambition me trouve un cœur sensible,
Si l'amour de régner a sur moi du pouvoir ?
Je veux sauver des jours qui m'en ôtent l'espoir.
Prend donc de ma révolte une plus noble idée !
Conçoi de quelle erreur ton ame est possédée !
Te conserver ton Fils est mon unique objet,
Tes Soldats ; comme moi, n'ont point d'autre projet ;
Et je viens de leur part, t'en donner l'assûrance.
Un devoir si sacré, nous tient-il lieu d'offence ?
Mais, daigne à mes discours un moment te prêter !
Que fait ton zéle aveugle, où va-t'il t'emporter ?

Tu leves sur ton Fils un bras impitoyable,
Samuël, il est vrai, le déclare coupable;
Mais suffit-il pour nous qu'il prononce sa mort?
Samuël a-t'il droit de régler nôtre sort?
Par des signes affreux, nous marquant sa colere,
Le Ciel a-t'il forcé nôtre ardeur à se taire?
Nos Ennemis vainqueurs fondent-ils sur ces lieux?
Entendons-nous gronder la foudre dans les Cieux?
Voyons-nous sous nos pas les Campagnes brûlantes,
Trembler, s'ouvrir, vomir des flâmes dévorantes,
Ou des Serpens de feu dans tout le Camp épars?
Offrent-ils à nos yeux la mort de toutes parts?
Attendons, pour souscrire à ton ordre barbare,
Que contre Jonathas, l'Eternel se déclare.
Mais quoi! pour vôtre Fils faut-il vous attendrir?
Sans trouble, sans pitié, le verrez-vous périr?...
Vous détournez les yeux, vous dévorez vos larmes!
Craignez-vous de vous rendre à de justes allarmes?
Ah! d'un couroux fatal, Prince soyez vainqueur;
Cédez au sang qui crie au fonds de vôtre cœur,
Par ces genoux sacrez d'un Roi que je révere,
Par les soûpirs, les pleurs, les sanglots d'une Mere,
Dans vôtre propre sang n'allez point vous plonger,
Laissez à l'Eternel le soin de se vanger:
S'il faut, sur l'un de nous voir tomber la tempête,
Frappez! je viens, Seigneur, vous apporter ma tête
Que du Fils de mon Roi, ma mort sauve les jours.
Des malheurs, que je crains, rompez ainsi le cours;

Et ne contraignez point un Peuple téméraire,
A forcer vôtre cœur aux sentimens d'un Pere.

SAUL.

Je forcerai ce Peuple à suivre son devoir;
Pour toi, sur mes bontez ne fonde aucun espoir:
Non, que trop occupé d'un si sanglant outrage,
Je ne rende justice encor à ton courage,
Et que mon foible cœur saisi d'émotion,
Ne semble applaudir même à ta rebellion;
Mais je doi ton trépas à ma gloire offensée,
Et quand, suivant ici ma tendresse insensée,
Je sauverois un Fils qui méprise mes Loix,
Me rendras-tu ce Fils, tel qu'il fut autrefois?
Avec mille vertus le Ciel l'avoit fait naître,
Ta révolte en a fait un infidéle, un traître,
Digne de mon couroux, que tu lui fais braver,
Digne enfin de la mort dont tu veux le sauver!
Le Perfide! trahir & le Ciel, & son Pere!
Ah! que le Tout-puissant me juge en sa colere,
Si d'un Fils criminel, payant les attentats,
Une honteuse mort n'en purge mes Etats!
Mais, le voici.

ACHINOAM.

Grand Dieu! qui pourra le deffendre?

ABNER.

Ciel! comment, & pourquoi vient-il ici se rendre?

SCENE SIXIE'ME.

SAUL, JONATHAS, ABNER, ACHINOAM, ME'ROB, MICHOL, PHANE'S, LE CHOEUR, GARDES.

SAUL.

TRaître, prétens-tu donc vainement m'irriter?
Jusques dans cette Tente ose-tu m'insulter,
Perfide?

JONATHAS.

Jugez mieux de l'ardeur qui me guide,
Non, je ne suis Seigneur, ni Traître, ni Perfide....

SAUL.

S'il est des noms plus durs, ils te sont dûs encor
Lâche! qui succombant à la peur de la mort,
Et flattant contre moi des Trouppes insensées....

JONATHAS.

N'en craignez rien, Seigneur, je les ai dispersées;
J'ai pris le tems qu'Abner revenoit en ces lieux;
Pourquoi, leur ai-je dit, ce secours odieux,
Les Troupeaux des Vaincus sont les seules Victimes,
Qu'éxige l'Eternel pour effacer mes crimes;
Allez les rassembler. On court, on m'obéit,
Leur Zéle impétueux me sert & les trahit,

Par un

Par un ordre trompeur j'écarte ce qui reste,
Et cachant un Projet glorieux & funeste,
Je me rends en ces lieux par des chemins secrets,
Et je viens me livrer à vos justes Arrêts.

SAUL.

Grand Dieu! quelle surprise à la mienne est égalle!
Qu'entens-je! où m'emportoit ma colere fatalle?
Je retrouve mon Fils dans ces généreux traits;
Mais, en le retrouvant, je le pers pour jamais...
O Ciel! tant de vertus ne calment point ta haine!

ACHINOAM.

Ah! mon Fils! quel malheur dans ce lieu vous rameine?
Fuïez plûtôt, vivez!

JONATHAS.

Vos vœux sont superflus,
Madame, oubliez-moi, vôtre Fils ne vît plus.

Vous, Seigneur, rassemblez ceux qui vous sont fidéles,
Prévenez au plûtôt le retour des rebelles,
Et, si vous m'en croïez, pour les contenir mieux,
Vous-même, en ce moment, montrez-vous à leurs yeux;
Mais, avant que, courant au coup qu'on me prépare,
Un éternel adieu, pour jamais nous sépare,
Mon Pere, voudrez-vous accorder à mes veux,
La Grace d'un Ami si grand, si généreux;
Sur tous les Révoltez faites qu'elle s'étende,
C'est tout ce, qu'en mourant, vôtre Fils vous demande,

La faveur qu'a vos pieds, j'implore de mon Roi,
La derniére bonté que vous aurez pour moi.

SAUL.

Ah! mon Fils! vous voïez que ma tendresse est vaine;
Que malgré tous nos vœux vôtre mort est certaine,
Jugez de ma douleur, par le trouble où je suis:
Pour la derniére fois, embrassez-moi, mon Fils.
J'admire avec transport quel est vôtre courage;
Mais mon cœur accablé n'en connoît plus l'usage,
Plus sensible que vous aux cruautez des Cieux,
Mes larmes, malgré moi, s'échappent de mes yeux.
Ciel! acheve! & m'arrache une funeste vie!

ACHINOAM.

Oüi, j'ose deffier toute sa barbarie;
Ce coup impitoïable a comblé mes malheurs,
J'ai tout perdu.

JONATHAS.

Calmez d'inutiles douleurs;
N'irritez point le Ciel par de nouveaux outrages,
De vôtre auguste Hymen vous avez d'autres gages;
à Mérob & à Michol.
Veüille le Tout-puissant, mes Sœurs, moins rigoureux,
Vous dispenser des jours plus longs & plus heureux.
Pour vous, Abner, sans cesse, animé d'un vrai zelle,
A nos Loix, à l'Etat soïez toûjours fidelle,
Que le régne de Dieu par vous soit affermi;
Mon Pere vous pardonne, & je meurs vôtre Ami.

ABNER.

Je refuse un pardon qui soüilleroit ma gloire,
Et l'avenir rendra justice à ma mémoire;
Si, pour sauver vos jours, j'ai manqué de pouvoir,
La faute en est au Ciel, j'ai rempli mon devoir:
J'ai tout fait, tout tenté, pour vous sauver la vie,
Vous périssez; le Ciel a trompé mon envie;
Mais je ne verrai pas, du moins, ses cruautez,
Et ce Fer préviendra vôtre mort.

Il veut se percer de son Epée, & Jonathas le retient.

JONATHAS.

Arrêtez.
Qu'on s'assûre de lui, qu'on lui prenne ses armes,
Allons; c'est trop causer de troubles & de larmes,
Gardes! vers le Bûcher, venez guider mes pas.

MICHOL, se jettant au devant de lui.

Ah! mon Frere, arrêtez!

MÉROB,

Ne l'abandonnons pas.

ACHINOAM.

Oüi, mes Filles venez! montrez le même zelle,
Courons! & le suivons dans la nuit éternelle.

Elles veulent suivre Jonathas, qui est arrêté par Samuël.

SCENE DERNIERE.

SAUL, ACHINOAM, JONATHAS, MEROB, MICHOL, SAMUEL, PHANE'S, LE CHOEUR, GARDES.

SAMUEL, à Jonathas.

Demeurez, Prince! & vous, rassûrez vos esprits,
Reine! ne donnez plus de pleurs à vôtre Fils.

ACHINOAM.

Ciel!

SAMUEL.

Celui qui des cœurs perce tous les nuages,
Qui produit, à son gré, le calme & les orages,
A vû de Jonathas, les glorieux desseins;
Ses Foudres enflammez sont tombez de ses mains;
Cours, vole, m'a-t'il dit, annonce à la Judée,
Que d'un œil de bonté son Dieu l'a regardée,
Qu'il se laisse toucher aux cœurs vraiment soûmis,
Et que de Jonathas le forfait est remis.
A cet ordre Divin surpris, saisi de joïe,
Pour rendre grace au Ciel des biens qu'il nous renvoïe,
J'immolle une Victime, & du plus haut des Cieux,
Un feu sacré s'élance & la brûle à nos yeux;

Chacun loüe en tremblant la Clémence céleste;
Je pars, & viens calmer vôtre crainte funeste,
Rendre un Fils glorieux à vos justes souhaits,
Et de la part de Dieu, vous apporter la Paix.

ACHINOAM.

Ah mon Fils! quel bonheur vous rend à ma tendresse.

SAMUEL.

Gardez pour d'autre tems, ces marques d'allegresse,
C'est au Dieu d'Israël que ces moments sont dûs.

JONATHAS.

Vivons, consacrons-lui, des Jours qu'il m'a rendus,
Gravons tous dans nos cœurs ses Bienfaits & sa Gloire.

SAUL.

Oüi, qu'à jamais Jacob en garde la mémoire,
Et que les Juifs en paix sous mes Loix rassemblez,
Célébrent les faveurs dont nous sommes comblez.

LE CHOEUR.

Le Dieu dont Israël adore la Puissance,
Est un Dieu d'amour & de paix.
Son couroux céde à sa Clémence,
Chantons, publions à jamais;
Le Dieu dont Israël adore la Puissance,
Est un Dieu d'amour & de paix.

Fin du troisiéme & dernier Acte.

www.ingramcontent.com/pod-product-compliance
Ingram Content Group UK Ltd.
Pitfield, Milton Keynes, MK11 3LW, UK
UKHW020319220726
13923UKWH00003B/1244